AF375549

Hannah Maryam Sentob

Schattenrisse

Bibliografische Information der Deutschen Nationalbibliothek:
Die Deutsche Nationalbibliothek verzeichnet diese Publikation in
der Deutschen Nationalbibliografie; detaillierte bibliografische Da-
ten sind im Internet über http://dnb.dnb.de abrufbar.

© 2023 Hannah Maryam Sentob
Herstellung und Verlag: BoD – Books on Demand, Norderstedt
ISBN: 978-3-7583-0142-1

Lektorat und Korrektorat: Romina Wolff
Illustrationen: Isabel Schubert, www.isabelschubert.de
Buchsatz: Hannah Maryam Sentob, Robert Füßlein

www.hannahmaryamsentob.de

Inhalt

WER IST ALMA LIEBWALD?

Es fing schon damit an, dass Jasper nicht wusste, dass Lovis am ersten Mittwoch des Monats mit ihrem Praktikum beginnen würde. Und spätestens als Lovis in ihrer orangen Latzhose und dem hellgrün getupften Haarband in die *Zweite Wahl* stolperte, hätte klar sein müssen, dass von nun an die Uhren im Dorf anders ticken würden.

„Ich bin's, Lovis", sagte Lovis mit selbstbewusster Stimme und offenbarte damit eine Seite von sich, die sie selbst nicht kannte. Normalerweise vermied sie es, ungefragt ihren Namen zu sagen, da dieser nie einfach nur so hingenommen wurde. Niemand nahm ihn je einfach nur so hin, wie man Namen wie Laura, Lena, Lisa oder Lara einfach nur so hinnahm.

„*Lov-is in the air*" hatte man als Kind zu ihr gesagt, ohne dass sie verstand, was das bedeutete, und dann hatte man sie hochgeworfen. Beim Hochwerfen bekam sie einen Schreck und fing an zu weinen, woraufhin man sagte: „Mit dem Kind stimmt etwas nicht."

„Lovis, du bist ein Unikat." Onkel Heinrich hatte das mal beim alljährlichen Familientreffen zwischen Weihnachten und Neujahr gesagt. Es klang vorwurfsvoll, beinahe resigniert.

Lovis gehörte zu den Personen, die zu Weihnachten Ohrstecker geschenkt bekamen, obwohl sie keinen Schmuck trug, einen halben Christstollen, obwohl sie eine Glutenunverträglichkeit hatte, und einen Gutschein für eine Thai-Massage, obwohl ätherische Öle bei ihr einen Migräneanfall auslösten. Gewünscht hätte sie sich ein Buch, doch das sei ja kein richtiges Geschenk.

„Du und deine Bücher", sagte man dann kopfschüttelnd, „mach mal lieber was Vernünftiges mit deiner Zeit."

„Ein Praktikum im Buchladen? Mach mal lieber was Vernünftiges mit deiner Zeit", hatte man ihr auch vor Kurzem gesagt. Doch Lovis brauchte Veränderung in ihrem Leben und dieses Praktikum sollte der Start in ein neues Kapitel sein.

Also stand sie nun im Eingang von *Zweite Wahl*, sagte ihren Namen als sei dieser die Eintrittskarte in ein neues Leben und grinste den Verkäufer an, sodass er ihre Zahnlücke zwischen den unteren beiden Schneidezähnen zu sehen bekam – ebenfalls etwas, das Lovis vermieden hatte, als es die *Zweite Wahl* noch nicht in ihrem Leben gab.

Der Verkäufer, so stellte sich heraus, war gar nicht der Verkäufer.

„Meine Mutter schreibt gerade", sagte er und machte eine Kopfbewegung zu einem dicken Vorhang hinter sich, wo Lovis einen weiteren Raum vermutete.

„Toll!" Sie war begeistert. „Ein Buch?"

„Soll das ein Witz sein?"

„Eigentlich nicht."

„Du bist wohl nicht von hier."

„Eigentlich nicht." Lovis wartete ab. Dann fragte sie: „Wann kann ich anfangen?"

„Womit?"

„Na, mit dem Praktikum."

„Ich weiß von nichts", sagte der Verkäufer, der eigentlich gar keiner war.

„Kannst du mal kurz nachfragen?"

„Wenn meine Mutter schreibt, darf ich sie nicht stören."

„Dann warte ich." Lovis stellte ihren Rucksack ab und sah sich um. Dabei fiel ihr auf, dass der Name *Alma Liebwald* über jedem Buchtitel stand.

„Wer ist Alma Liebwald?", fragte Lovis den Verkäufer, der keiner war.

„Na, meine Mutter!", rief dieser zurück.

„Hat sie all diese Bücher geschrieben?"

„Du bist wohl nicht von hier." Nun stand er neben ihr und schaute sie verständnislos an.

„Ich bin hier für einen Neuanfang."

„Neuanfänge sind gut." Er streckte ihr die Hand hin. „Ich bin übrigens Jasper."

„Lovis“, sagte Lovis und war über sich selbst erstaunt, dass sie binnen kürzester Zeit das zweite Mal ihren Namen sagte. Das musste ein Zeichen sein. Der Neuanfang war gelungen.

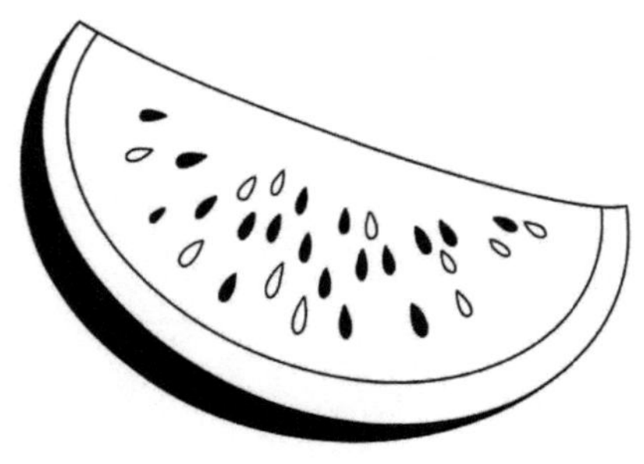

WAR'S GEPLANT?

Seit vielen Jahren beobachtete Esther Kaufmann, dass Leute in ihrem Umfeld an den Plänen ihrer Mitmenschen interessiert waren. An der Wochenendplanung, an der Karriereplanung, an der Familienplanung. Schon bevor die erste längere Beziehung ihrer großen Schwester Lenia in Sicht war, wurde diese von der besten Freundin ihrer Mutter nicht gefragt *ob*, sondern *wie viele* Kinder sie später mal haben wollte. Als ihre Cousine Sina mit Ende zwanzig ein Haus baute, spähten die neugierigen Blicke der Nachbarn auf ihren Bauch. Drei Monate nach der Hochzeit wurde Esthers beste Freundin Lucía im *Café Klecks* von einem Kollegen des Vaters gefragt, wann es denn nun so weit sei. Esthers frühere Kollegin Heidi hingegen war single und glücklich damit, wurde aber stets hinterrücks bemitleidet, weil sie die große Liebe ja nur noch nicht gefunden habe.

Dennoch sah Esther die Frage „War's geplant?“ nicht kommen, als sie zwar unverheiratet, aber dafür mit Mitte zwanzig und einem freudigen Gesichtsausdruck begann, ihre Schwangerschaft zu verkünden. Egal, ob in der Kaffeepause noch der Chef mit am Tisch saß, oder ob sie an der Bushaltestelle in der Heimatstadt zufällig ihren alten Banknachbarn aus der neunten Klasse wiedertraf. Aus allen sprudelte diese Frage heraus. Und Esther fragte sich, ob „jung“, „Mama“ und „gutaussehend“ wirklich solche Extreme waren, die sich nicht miteinander vereinen ließen. Als es zu berechenbar wurde, beschloss Esther, aus ihrer Situation ein Spiel zu machen. Sie begann, die Frage „War's geplant?“ abwechselnd mit „Ja“ und mit „Nein“ zu beantworten.

Bei ihrem sozialen Experiment konstatierte Esther, dass die meisten bei der Antwort „Ja“ ohne zu zögern ihre Glückwünsche äußerten, doch der Elefant im Raum in der nächsten Sekunde schneller wuchs, als ihr Baby im Bauch es je könnte: *Jetzt würden doch Aperölchen in der Bar genauso wegfallen wie ein Kurzurlaub an der Costa Brava, in dem sie sich spontan zum Kite-Surfen überreden ließe. Und der Mitgliedsausweis von John Reed würde für die Bonus-Karte von Ernsting's family weichen müssen.*
Sagte Esther ein anderes Mal, dass das Kind nicht geplant war, konnte sie die Neugierde ihrer Gesprächspartner:innen förmlich spüren. Gern hätte sie an dieser Stelle zurückgefragt: „Bist du eigentlich froh, dass du für dich die beste Verhütungsmethode gefunden hast?“ Sie entschied sich dagegen, um ihr Gegenüber nicht in eine unangenehme Situation bringen zu müssen.

Dass ihre soziologische Forschung dermaßen ausarten sollte, hatte Esther nicht kommen sehen. Die Verwirrung von zwei Kollegen beim Tuscheln am Kopierer war dabei nicht das Schlimmste. Bedrückender war es für Esther, dass sie sowohl mit „Ja" als auch mit „Nein" Spielraum für weitere Interpretationen gab. Fragen zu ihren Prioritäten und Privilegien, ihrer Beziehung sowie ihrer psychischen und körperlichen Gesundheit wollte sie eigentlich nicht immer mitbeantworten. Als sie die Melone für das Hinterhoffest schnitt, erkannte sie also, dass die erste Phase ihres Experimentes gescheitert war. Parameter für eine nächste Phase mussten her. Ab sofort würde sie den Menschen auf die Frage „War's geplant?" einen Deal vorschlagen: „Option A: Jedes Mal, wenn dir in Zukunft diese Frage gegenüber einer Schwangeren auf den Lippen brennt, fragst du dich, ob du deinen nächsten Trip zum Schwarzlicht-Minigolf schon *geplant* hast. Option B: Jedes Mal, wenn mir von jemandem diese Frage gestellt wird, schenkst du mir ein Kondom. Dann könntest du dir beim zweiten Kind selbst zusammenreimen, ob's *geplant* war."

WIE LANGE WILLST DU DA EIGENTLICH NOCH SITZEN?

Irgendetwas war anders im Schneidergässchen. Irgendetwas fehlte. Es war ebenso trubelig wie an jedem anderen Spätsommerabend, doch die Menschen schienen nervöser, irgendwie angetrieben von einer inneren Unruhe, die sie nicht deuten konnten. Hektisch erledigte man die Einkäufe, eilte nach einem Termin noch schnell zur Apotheke, sputete schnurstracks in die Buchhandlung, kaufte dort noch einen Gutschein für das Patenkind und schaute unentwegt auf die Armbanduhr, wenn die Schlange beim Bäcker sich nicht verkürzte.

Früher war es ruhig gewesen im Schneidergässchen. Die Menschen hetzten nicht, sie schlenderten, verloren sich in der Stadt, machten Schaufensterbummel und warfen einander freundliche Blicke zu. Doch die Gasse war wie ausgewechselt, seitdem irgendetwas fehlte.

So vergingen die letzten Sonnentage und niemand nahm wahr, dass es an Leopold lag, der seit unbestimmter Zeit auf den Treppen vor dem Brunnen saß, neben ihm sein Instrument. Niemand, außer einem kleinen Mädchen, das sich eines Tages neben ihn setzte und fragte: „Wie lange willst du da eigentlich noch sitzen, ohne zu spielen?"

„Nun ja", sagte Leopold, „die Menschen wollten nicht mehr, dass ich spiele. Sie sagten, es störe das Ambiente."

Das Mädchen verstand nicht, was Leopold meinte. „Spiel mal!", sagte es, doch Leopold schüttelte nur den Kopf.

„Aber dein Instrument ist doch direkt neben dir. Du könntest einfach anfangen."

Wieder schüttelte Leopold den Kopf.

Da hob das Mädchen das Instrument vom Steinboden auf, und ehe Leopold sich versah, fing es an, ein paar schiefe Töne darauf zu spielen.

„So wird das nichts", sagte Leopold und zeigte dem Mädchen, wie es seine Finger richtig auflegen musste. „Und jetzt nochmal!"

Das Mädchen spielte wieder ein paar dissonante Töne. Leopold richtete sich auf. Ihm tat alles weh, er hatte wirklich schon viel zu lange gesessen. Er half dem Mädchen erneut, da er nicht wollte, dass es sich vor den vielen Menschen in der Gasse blamierte. Aber niemand hörte zu, die Menschen drängelten aneinander vorbei, ohne auf das zu hören, was um sie herum geschah. Das Mädchen hatte Freude beim Spielen und auch Leopold erwischte sich dabei, wie er immer wieder lächeln musste. Irgendwann sagte das Mädchen: „Jetzt du", und übergab Leopold das Instrument. „Zeig mal, wie du das machst."

Dann fing Leopold an zu spielen und nach und nach ließen sich die Menschen wieder aufhalten von den Klängen der Musik, bildeten sogar eine Traube um ihn herum und blieben so lange stehen, bis er ein Lied beendet hatte. Und als Leopold sich umsah, war das kleine Mädchen verschwunden.

ERKENNST DU DICH?

‚Yara‘ ist arabisch und bedeutet ‚kleiner Schmetterling‘.

Stolz hatte Yara damals nach dem ersten Kindergartentag ihren Eltern erzählt, dass sie sich den Jackenhaken mit dem lila Schmetterling ausgesucht habe, weil er zu ihrem Namen passe. Es gab auch große und starke Tiere, wie Bären und Löwen, niedliche Tiere, wie Hasen und Eichhörnchen, dann gab es hübsche Blumen und Bäume oder auch bunte Früchte, doch Yara wollte unbedingt ihre Jacke und ihren Rucksack unter den Schmetterling hängen.

Yara ist nun in der Vorschule und vermisst die Spiel- und Bastelzeiten, doch heute hat der Erzieher eine besondere Idee: „Wir machen einen Schattenriss!“

Yara weiß nicht, was das ist, findet aber, dass es sich spannend anhört. Der Erzieher stellt einen Stuhl vor eine leere Wand und die Lampe aus der Leseecke davor.

Dann klebt er ein Blatt Papier an die Wand und zieht den Vorhang zu, sodass es dunkel wird. Nacheinander setzen sich alle Kinder auf den Stuhl und der Erzieher malt den Schatten des Kopfes eines jeden Kindes ab. Als Yara dran ist, sitzt sie freudig und mucksmäuschenstill auf dem Stuhl und wartet ab, bis ihr Schattenriss fertig ist. Als alle Kinder einmal dran waren, wird der Vorhang wieder aufgezogen und ein Sitzkreis gebildet. Der Erzieher setzt sich dazu, verteilt drei Schattenrisse auf dem Boden und fragt: „Erkennst du dich?“

Jedes Mal, wenn ein Kind sich erkannt hat, legt der Erzieher neue Schattenrisse in die Mitte. Gespannt wartet Yara ab, bis sie ihr Bild erkennt und zu sich an den Platz nehmen darf. Kinder mit Zöpfen oder einer Brille sind leicht zu erkennen. Bei einigen muss man schon genauer hinsehen.

Auf einmal sagt ein Kind: „Das ist Yara!“ Und Yara ist wütend, weil sie lieber selbst gesagt hätte, dass es ihr Bild ist und jetzt bestimmt alle denken, sie habe es nicht allein geschafft.

„Das war ja einfach. Niemand sieht so aus wie Yara“, ruft ein anderes Kind in die Gruppe. Und ein wieder anderes sagt: „Das sieht aber gar nicht aus wie ein Kopf, das sieht aus wie ein Baum!“, steht auf, greift mit den Armen über seinen Kopf, dreht sich im Kreis und sagt: „Ich bin Yara, ein Baum.“

Daraufhin lachen alle Kinder laut los. Bis auf Yara. Sie steht auf, hebt ihren Schattenriss vom Boden auf und sagt: „Das stimmt gar nicht. Meine Mama sieht auch so aus wie ich. Und außerdem bin ich kein Baum, sondern ein Schmetterling.“

MANCHE DINGE ÄNDERN SICH NIE, ODER?

Ich saß im Café, knetete mir ungeduldig die Hände und schaute seit dreiundzwanzig Minuten abwechselnd auf meine Armbanduhr und auf das Handydisplay, ob er geschrieben hatte – hatte er nicht.

Er hatte mich versetzt. Sich sicher einen Spaß draus gemacht, mir zuzusagen und sich dann vorzustellen, wie ich an dem Cafétisch sitzen würde und mein überteuerter Caramel Macchiato mit seinem Americano um die Wette abkühlte, während ihn sein neuer Partner in ein Luxus-Restaurant entführte.

Er war doch früher nie zu spät gewesen. War das eine der Veränderungen, die viele Menschen nach einer Trennung durchmachten? Die Tür öffnete sich und ein junger Mann mit dunklem Haar und Jeansjacke betrat das Café. Toni war schon immer der Typ Mann gewesen, der die Blicke der anderen auf sich zog. Anders als ich, der dieses Café seit Monaten jeden zweiten Tag besuchte und noch nie auch nur von irgendwem beachtet wurde. Manche Dinge änderten sich also doch nicht. Toni genoss die Aufmerksamkeit der anderen Gäste und leitete der Kellnerin mit einer charmanten Handbewegung den Weg zur Theke. Er sah erwachsener aus. Reifer. Sein Blick schwebte durch den Raum, bis er mich erblickte und die Lippen zusammenpresste. Kein Lächeln. Dann kam er auf mich zu.

Toni umarmte mich kurz, sodass ich in den Duft seines Parfums eintauchte. *Yves Saint Laurent*, ein Duft der mittleren Preisklasse. Nicht zu primitiv, nicht zu abgehoben. Manche Dinge änderten sich nie.

„Hast du schon bestellt?"

„Nein."

Wir gingen zur Theke und er bestellte einen Americano und ich den Caramel Macchiato.

„Manche Dinge ändern sich nie, oder?", stellte er fest und lächelte das erste Mal. Ich nickte und war froh, dass ich später damit beschäftigt sein würde, den Sirup vom Boden des Glases abzukratzen, während ich überlegte, was ich als nächstes sagen sollte. Sein Americano war zuerst fertig, sodass er sich zurück an den Tisch setzte, während mein Getränk zubereitet wurde. Ich beobachtete, wie der Barista mir mit Leichtigkeit ein Herz in den Milchschaum zauberte, so als wollte er uns die Liebe wieder unterjubeln.

„Und, was machst du zurzeit so?", fragte Toni, als ich mit meinem Getränk auch am Tisch saß.

„Ich studiere Orientalistik. Hab nach dem Bachelor nochmal gewechselt."

„Ah." Er nickte. Gleich würde er sicher sagen, dass er schon Karriere in einem angesehenen Unternehmen gemacht habe und sich kaum noch an sein Studium erinnern könne. Doch stattdessen sagte er: „Hat mich gefreut, dass du geschrieben hast. Ich wollte mich auch immer mal bei dir melden." Erst jetzt fiel mir auf, dass ich noch gar nichts getrunken hatte. Ich steckte den Löffel in den Schaum und rührte ein paar Mal um. Am Nachbartisch unterhielt sich ein älteres Ehepaar über die anstehende Hitzewelle, während der Mann drei Stückchen Würfelzucker in den Kaffee warf. „Ich glaube, ich war nicht immer fair zu dir, damals", fuhr Toni fort. „Und ich kann verstehen, wenn du mir immer noch böse bist. Daher möchte ich mich gern entschuldigen, und dir sagen, dass ich dich eigentlich immer sehr bewundert habe und oft zu stolz war, zuzugeben, dass deine Texte wirklich gut waren."

„Oh", sagte ich. „Danke." Und wir schwiegen uns eine Weile an. Als sein Kaffee leer war und er sich zurücklehnte, nahm ich noch einen Schluck und stellte fest, dass Karamellsirup eigentlich viel zu süß war. Und dann schenkte ich ihm meinen Roman, von dem er immer gesagt hatte, dass diese Geschichte es nie in ein Bücherregal schaffen würde.

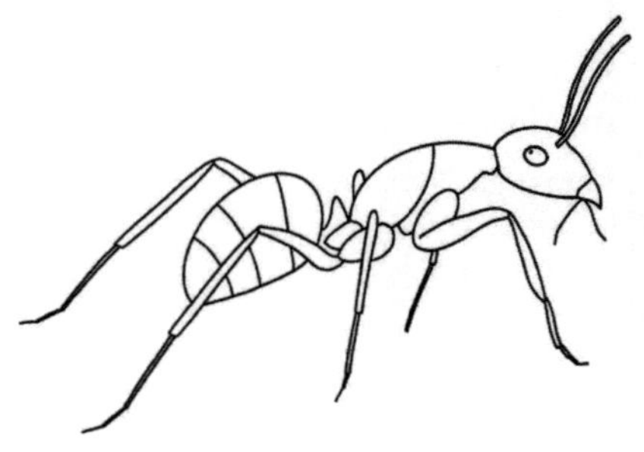

WO FINDE ICH DIE AMEISENKÖDER?

„Wo finde ich die Ameisenköder?", fragt sie den Verkäufer am Regal.

„In der Dose oder als Spray?"

„Was ist denn effektiver?"

„Es dauert bei beiden Varianten bis zu sieben Tage, bis das Gift das zentrale Nervensystem angreift und erste Erfolge zu sehen sind."

„Hm", überlegt sie. „Gibt es nichts, das schneller wirkt?"

„Leider nicht. Insektizide mit höherer Dosis wären gesundheitsschädlich für Haustiere und Kleinkinder. Damit ausschließlich die Ameisen das Produkt zu sich nehmen, ist übrigens immer auch ein Bitterstoff zugesetzt."

In dem Moment ruft ihr Mann ihr vom Ende des Gangs zu: „Ich hab' alles, wir können gehen."

Langsam glaubte Anita, den Verstand zu verlieren. Sie war sich doch sicher, dass sie die Reisepässe wieder in die Schublade neben die Flugtickets gelegt hatte. Nur noch vier Tage bis zur lang ersehnten Australienreise. Sie konnte Paul nicht schon wieder gestehen, dass sie etwas verlegt hatte, so wie vor ein paar Monaten die Karten für das Konzert in der Elbphilharmonie. In letzter Minute hatte Paul sie dann doch noch unter Anitas letzter Ausgabe der *National Geographic* gefunden und somit den Abend gerettet. Doch konnte sie diesmal darauf zählen?

Unruhig begann sie die ganze Wohnung auf den Kopf zu stellen. Nichts. Also müsste sie Paul wohl oder übel am Abend von den wie vom Erdboden verschluckten Pässen erzählen. Dabei war die Stimmung heute morgen noch so gut gewesen. Da konnte sie nicht riskieren, dass sie so schnell wieder umschlagen würde. Wie beim letzten Mal hörte sie ihn schon sagen, man könne sich ja gar nicht auf sie verlassen. Dass er befürchtete, dass sie noch ihrem Buchclub hinterhertrauerte. *Er* war es gewesen, der gemeint hatte, sie solle ihre Energie lieber in die Ordnung der Wohnung stecken: „Wenn man sich die ganze Zeit in die Welt von Krimis begibt, bekommt man sein eigenes Leben auch nicht besser unter Kontrolle". Und ihre Schwester habe ihm auch schon mehrmals gesagt, dass es schlimm aussehe bei ihnen.

Wann war der Zeitpunkt gekommen, an dem ihre Beziehung anfing, den Bach runterzugehen? Seit geraumer Zeit war Anita durch den Wind. Daher versuchte sie doch umso bewusster, alles richtig zu machen. Aber Paul war trotzdem immer wieder enttäuscht von ihr.

Schon bei den Konzertkarten war sie sich sicher gewesen, dass sie diese vor seinen Augen in die Schublade gelegt hatte. Doch später sagte er nur: „Das musst du verwechseln, das ist so nicht passiert", und musterte sie mit einem fragenden Blick.

Wie würde er diesmal reagieren? Aber waren die Pässe nicht da, als sie die Flugtickets dazulegte? Und was würde er sagen, wenn er herausbekäme, dass sie, anstatt zu lesen, nun Hörbücher hörte und sich, statt zum Buchclub zu gehen, online in einer Gruppe austauschte? Anitas Gedanken drehten sich im Kreis. Entschlossen drückte sie wieder auf *Play*.

Eigentlich hätte sie sich von Anfang an denken können, dass der Köder als Tatwaffe und nicht zur Schädlingsbekämpfung genutzt werden sollte. Erst jetzt sah sie, dass es die Haushälterin gar nicht gewesen sein konnte, da diese ja gegen Grapefruits allergisch war.

Anita juckte es in den Fingern, eine gute Rezension über das Hörbuch für ihre Gruppe zu verfassen. Als sie sich an den Laptop setzte, sah sie eine Ameise, die auf dem abgenutzten Holz des Schreibtischs über einen Haufen noch offener Rechnungen krabbelte. Anita wischte das Tier mit der Hand weg, wobei eine Rechnung herunterrutschte und den Blick auf zwei kleine dunkelrote Heftchen freigab.

Suspekt und sympathisch zugleich. So würde sie in ihrer Online-Gruppe die Ehefrau beschreiben, die im Mord den letzten Ausweg sah.

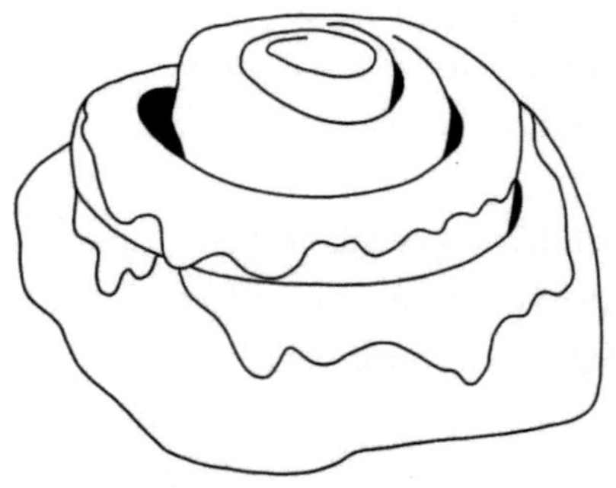

WAHRHEIT ODER PFLICHT?

Donnerstag, 8. Juni, 6:23 Uhr.

Grete ist hellwach. Heute wird ein guter Tag, beschließt sie. Olaf schläft noch tief und fest, doch das ist nichts Neues. Seit 51 Jahren Ehe ist Grete diejenige, die, ganz ohne Wecker, zwischen sechs und sieben Uhr morgens aufwacht, sich auf Zehenspitzen aus dem Schlafzimmer schleicht und schon mal eine Wäsche anschmeißt, Frühstück zubereitet und Kaffee kocht, von dessen Duft Olaf etwa gegen kurz nach halb acht aufwacht und in seinen durchgetretenen Schlappen in die Küche schlurft. Doch heute, beschließt Grete, kann er sich selbst Kaffee kochen. Und zum Teufel mit der Wäsche! Die würde auch bis morgen noch geduldig im Keller liegen.

Grete zieht sich ihr geblümtes Kleid mit den Puffärmeln an, mit dem sie laut Olaf aussehe wie eine Bäuerin aus einer Liebesschnulze. Soll er doch denken was er will, findet Grete. Sie geht in die Küche und statt für sich und ihren Ehemann das Frühstück zuzubereiten, wirft sie etwas Obst, eine Scheibe Graubrot und ein Stück Käse in ihren Einkaufskorb, lässt Olaf eine kleine Notiz auf dem Küchentisch und läuft aus dem Haus. Ihr Fahrrad ist schon staubig und ein wenig rostig, außerdem muss sie den Hinterreifen aufpumpen, doch Grete weiß noch, wie das geht. Und siehe da, wenig später schwingt sie sich auf ihr gelbes Rad mit der dicken roten Klingel, auf die ihre Freundin Ursula schon als sie jung waren immer wieder ein Auge geworfen hatte, wenn sie einmal jeden Sommer für einen Nachmittag gemeinsam zum See fuhren, ihre Männer angelten und die beiden Frauen am Steg die Füße ins Wasser hielten und für eine kurze Zeit die Pflichten vergaßen.

Als Grete beim Bäcker vorbeifährt, zieht ihr der Duft von frischen Zimtschnecken in die Nase. Sie zögert nur kurz, dann lässt sie das schlechte Gewissen hinter sich, das ihr einreden will, dass sie lieber selbst backen solle. Sie schließt ihr Fahrrad an, betritt die Bäckerei und kauft eine große Zimtschnecke mit Zuckergussglasur. „Soll ich für Ihren Mann gleich eine miteinpacken?"

„Nicht nötig", sagt Grete, grinst, und nimmt sich noch schnell eine Klatschzeitschrift mit. Sie möchte doch auch wissen, was wirklich hinter den Kulissen der schwedischen Königsfamilie passiert. Das muss Olaf ja gar nicht mitbekommen, denkt sie. Sie erzählt ihm ja sonst immer schon die Wahrheit. Er würde ihr Magazin nur wieder entsorgen und ihr Gehirn stattdessen mit Sudoku und Kreuzworträtseln fit halten wollen. So ein Unfug, denkt Grete nun. Sie ist doch noch topfit!

Grete klemmt sich die Zeitschrift unter den Arm, legt behutsam das in braunes Papier gewickelte Gebäck in ihren Korb und schwingt sich wieder aufs Rad. Sie fährt noch ein wenig durchs Dorf, dann durch Felder und ein Stückchen Wald. Sie traut sich sogar, die Augen zu schließen, obwohl sie nicht mehr den besten Gleichgewichtssinn hat.

Und plötzlich hat sie wieder die vielen Sommer von damals vor Augen, spürt das kalte Wasser an ihren Füßen und sieht die springenden Fische, die nach den Libellen schnappen und nur selten nach den Haken der Angeln.

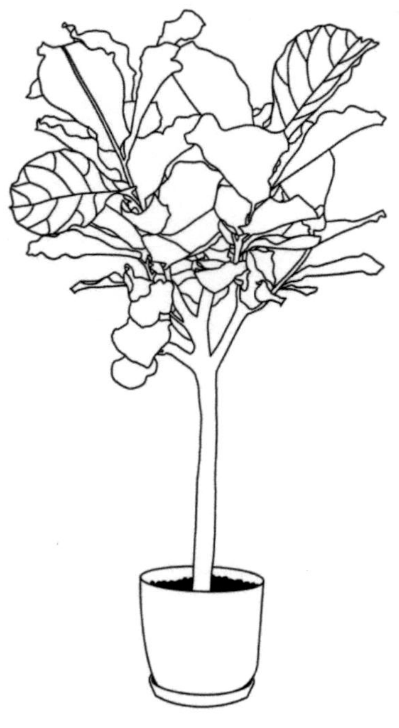

SOLLTE ICH IHM NOCH EINE CHANCE GEBEN?

Ich zupfte mir mein neues Kleid zurecht, das ich mir extra für heute Nachmittag gekauft hatte. „Du kannst es ruhig ehrlich sagen, Wanda, meinst du, ich bin zu over-dressed für das erste persönliche Kennenlernen?"

Meine Kollegin schaute von ihrem Shrimps-Salat auf. „Nein", sagte sie. „Ganz und gar nicht. Siehst prima aus." Dann spießte sie mit ihrer Gabel ein Stück Spargel auf, an dem rosa Cocktailsauce herunterlief und wieder in ihre Tupperdose tropfte.

„Wenn du meinst." Ich biss in mein Erdnussbut-tertoast. Es war voll in der Cafeteria und ich war froh über das Stimmengewirr um uns herum. Ich schaute an Wanda vorbei auf die Geigenfeige, die ein wenig traurig aussah mit ihren hängenden Blättern. Man müsste sie mal wieder gießen. Dann äußerte ich meine Bedenken, dass es vielleicht zu früh sei, und ob Wanda nicht denke, dass es besser wäre, Christian noch eine Chance zu geben. Doch Wanda schüttelte vehement den Kopf und sagte mit vollem Mund: „Nein, absolut nicht. Er hat sich wirklich zu viel geleistet in der letzten Zeit. Wie lange du mir schon in den Ohren liegst, dass das endlich ein Ende haben muss." Sie griff sich an die Stirn, als könne sie es nicht fassen. „Also, ich in meiner Situation bereue es auch, nicht frühzeitig einen Schlussstrich gezogen zu haben", sagte sie und steckte sich ihre letzte Riesengarnele in den Mund.

Ich überlegte, ob ich in meinem Leben überhaupt schon mal einen Schlussstrich gezogen hatte. Plötzlich blinkte mein Handy auf und eine Nachricht von Christian erschien: *Melde dich bis heute Abend, sonst kannst du das mit dem Urlaub vergessen!*

Ich rollte mit den Augen. Ich konnte diesen befehlenden Tonfall nicht mehr ertragen. Nach erneutem Nachdenken und Hin- und Herschauen zwischen trauriger Geigenfeige, Wanda und meinem letzten Bissen Erdnussbuttertoast sagte ich:

„Vielleicht würde mich eine andere Person wirklich mehr schätzen." Ich zwang mich bei der ganzen Aufregung, das letzte Stück Toast zu essen.

Wanda tat so, als applaudiere sie mir. „Da hast du's! Meine Rede! Christian hat dich nicht verdient!"

Dann sagte ich: „Du hast recht", und nickte nachdenklich. „Das Treffen heute Nachmittag muss wirklich gut laufen. Da, wo ich jetzt stehe, kann ich nicht mehr glücklich werden."

Ich fragte Wanda, ob sie noch den ein oder anderen Tipp für mich hätte.

„Er darf vor allem nicht merken, wie unsicher du bist“, antwortete sie wie aus der Pistole geschossen. Wanda klickte ihre Tupperdose zu, trank einen Schluck von ihrem Pfirsich-Eistee und schaute mich an. Sie schien zu merken, dass mich dieser Tipp eher noch mehr verunsicherte, als dass er mir half, und fügte schnell hinzu: „Ach komm, du hast es doch drauf. Ich bin mir sicher, heute Abend wirst du mich anrufen und sagen: ‚Ich hab den Job!‘“

WAS WIRD DAS, WENN'S FERTIG IST?

Der apfelgrüne Opel Corsa musste für das Garagen-Atelier weichen, denn Hugo lief stets zu Höchsttouren auf, wenn Hammer und Meißel gegen den Stein stießen, sich die Töpferscheibe drehte oder das Terpentin auf die Leinwand tropfte. Seine Familie war schon immer kunstbegeistert gewesen. Klimt, Warhol und Miró – das waren von klein auf Hugos große Vorbilder. Für Worte hatte seine Familie nie viel übrig. Schwarze Lettern auf weißem Papier waren für sie reine Ressourcenverschwendung. Initialen waren das einzig Geschriebene, das für sie zählte. Buchstaben waren auch Hugos Meinung nach eher etwas, das in sein Büro zu den Kundendaten der gesetzlichen Krankenkasse gehörte oder in die Zeitung, wenn er mal wieder kopfschüttelnd auf das Weltgeschehen blickte. Seine Familie war jedes Mal beinahe begeistert von seinen Kunstwerken, doch irgendetwas schien ihnen immer zu fehlen und sie sagten ständig: „Versuch's noch einmal, Hugo. Du bist schon ganz nah dran." Sie hatten recht. Die schiefe Nase im Selbstbildnis gehörte nicht ihm. Auch die siebzehnte Milchreisschale, die er für seine Angehörigen töpferte, war entweder zu klein oder zu dickwandig. Zurzeit arbeitete er an einem Holzschnitt des letzten Abendmahls für seine Tante Gundula, doch so richtig zufrieden war er noch nicht. Es schien noch etwas zu fehlen.

Eines Abends kam der Nachbar, der alte Wilhelm, rüber in Hugos Garage, um sich einen Meißel für die Ausbesserung seiner Grundstücksbegrenzung auszuleihen, schaute sich den Holzschnitt für Tante Gundula an, rümpfte die Nase und fragte: „Was wird das, wenn's fertig ist?".

Als der alte Wilhelm wieder weg war, stellte Hugo fest, dass der Nachbar recht hatte. „Was mache ich hier eigentlich?", dachte Hugo laut und legte das Schnitzmesser nieder. „Was, wenn ich versuche, die Kunst mal für einen Abend hinter mir zu lassen?"

Dann griff er nach einem Bleistift, drehte das Skizzenpapier für seinen Holzschnitt um und fing an zu schreiben. Seine eigene Handschrift zu lesen war ungewohnt, doch auf irgendeine Weise auch ermächtigend. Als er fertig war, stellte er fest, dass er auf so wenig Papier gleich so viel seiner Persönlichkeit erkannte. Er hatte sein Medium gefunden. Begeistert gab er seinem Text als I-Tüpfelchen noch den Titel: *Was wird das, wenn's fertig ist?*

ENTSCHULDIGUNG, IST DAS IHR TEDDY?

Das letzte Augustwochenende war verregnet. Die Luft roch leicht herbstlich, als Britta sich am Sonntagnachmittag auf den Weg zum Jahrmarkt machte, die Regenjacke bis oben hin zugezogen und den Schirm aufgespannt, damit ihr Stoffbeutel, den sie über der Schulter trug, nicht nass wurde.

Die schrille Musik der Fahrgeschäfte drang bereits durch den Nieselregen, als sie noch einen halben Kilometer von der Festwiese entfernt war. Schnellen Schrittes lief sie durch den Matsch, der ihr an der Hose hochspritzte. Einen Abschiedsgruß hatte sie sich nicht überlegt, Britta war nie eine Frau von großen Worten gewesen. Sie würde ihn einfach unbeobachtet an eines der Karussells stellen, sodass er überdacht war. Vielleicht, so hoffte sie, würde ein Kind ihn finden und ihm ein neues Zuhause schenken.

33 Jahre war es nun her, dass Britta ihren Teddy auf dem Jahrmarkt gewonnen hatte. Damals in ihrem Kinderzimmer saß er immer auf dem Regal gegenüber ihrem Bett. In ihrer ersten eigenen Wohnung hatte sie ihn auf die Sofalehne gesetzt, damit es dort nicht so leer aussah. Als sie in das große Haus gezogen waren, musste sie ihn wohl in eine der Kisten für den Dachboden gelegt haben, denn dort hatte sie ihn vor einiger Zeit wiedergefunden, ihn gewaschen, zum Trocknen an den Ohren in den Garten gehängt, und ihn danach neben sich ans Bett gestellt. Seitdem hatte er dort gesessen. Manchmal, wenn Britta vom Alltag überfordert war, erwischte sie sich, wie sie ihn in den Arm nahm, ihn streichelte und an damals dachte. Sie traute sich nie, ihrer Therapeutin davon zu erzählen, da diese dann wahrscheinlich feststellen würde, dass die Beziehung zum Teddy überhandnehme und symbolisch für ihren missglückten Abnabelungsprozess stünde. Auch ihrem Mann würde sie nicht sagen, wieviel Trost ihr der Teddy tatsächlich spendete. Er würde sicher lachen und sie kindisch finden. Das war sie ja auch. *Eine erwachsene Frau, verheiratet und mitten im Leben stehend, die mit ihrem Teddy kuschelt, wo gibt's denn sowas?*

Dann, vor ein paar Wochen, hatte sie beim Spazierengehen ein Plakat gesehen, das den Jahrmarkt ankündigte. Jetzt war sie sich sicher, dass das Universum zu ihr gesprochen hatte: Sie musste den Teddy wieder dort hinbringen, wo er herkam.

Und nun stand sie vor dem quietschenden Karussell, auf dem kaum ein Kind saß, den Stoffbeutel mit dem Teddy eng an sich gedrückt. Sie schaute sich um, ob jemand sie beobachtete, zählte dann innerlich bis drei, nahm ihn heraus, schaute ihn ein letztes Mal an und setzte ihn auf die Holzpaletten vor das Fahrgeschäft.

Dann drehte sie sich schnell weg, um den Rückweg anzusteuern. In dem Moment kam ein heftiger Windstoß, der den Regenschirm zum Überstülpen brachte. Sie fluchte kurz über diesen Billigkauf und war noch damit beschäftigt, die Kiele wieder zurück in ihre Ösen zu stecken, als ein kleiner Junge sie von hinten antippte und fragte: „Entschuldigung, ist das Ihr Teddy?"

Britta sah erst in die Knopfaugen des Teddys, dann in die des Jungen. Da realisierte sie, dass sie den Teddy nicht an diesem kalten Ort zurücklassen konnte. Außerdem sollte der Junge ja nicht denken, dass ein Kuscheltier ohne Zuhause auf dem Jahrmarkt übernachten musste.

„Stimmt, vielen Dank", sagte Britta, ehe sie ihn wieder zurück in ihren Stoffbeutel steckte und nach Hause lief, während sie darüber nachdachte, dass es ein kleiner Junge war, der ihr ihre Kindheit zurückgebracht hatte.

HABEN WIR UNS NICHT SCHON MAL IRGENDWO GESEHEN?

Als Peggy Pflaum in den Bus stieg, war nur noch der Platz neben dem Mann mit dem Strohhut frei.

„¿Puedo sentarme aquí?" Peggy war stolz, als der Mann „Sí, sí" antwortete, denn das zeigte ihr, dass sie die Frage aus dem letzten Bus noch richtig im Kopf hatte. Zufrieden setzte sie sich, schob ihren Rucksack soweit es ging unter den Vordersitz und wickelte sich ihr rotes Tuch um. Sie schielte nach links, wo ihr Sitznachbar einen Flyer auf seinem Schoß ausbreitete. *Besuchen Sie eine Finca mit Kaffee- und Nussplantagen, inklusive Einblick in die Produktion und Informationen zum Regenwaldschutz*, las Peggy. Das klang toll. Aber Moment – „Ach, sprechen Sie auch Deutsch?"

„Ich bin aus Saulheim. Edgar mein Name." Irgendwie kam ihr sein Gesicht bekannt vor, doch von Saulheim hatte sie noch nie gehört.

„Twistringen. In Twistringen gibt es übrigens den größten Strohhut der Welt", sagte sie und zeigte begeistert auf seinen Kopf.

Und Edgar sagte: „Das ist ja ein Zufall, dass man hier im Fernbus nach Antigua jemanden aus Deutschland trifft."

Peggy nickte begeistert und entschied, ein bisschen aus dem Nähkästchen zu plaudern, schließlich hatte sie seit Tagen mit keiner Menschenseele gesprochen und die Busfahrt würde sicherlich noch ein Weilchen dauern. Da hatte Edgar sicher später noch Zeit, sich mit seinem Flyer auseinanderzusetzen: „Also, ich habe ja diese Reise nach Mexiko eigentlich nur in der *Apotheken-Umschau* gewonnen", fing Peggy an. „Ich hab zu Hause einfach alles stehen und liegen gelassen. Obwohl ich eigentlich keine Person bin, die einfach alles stehen und liegen lässt. Ich wollte auch nie so lange von Twistringen weg. In Mexiko –"

„Wir sind aber in Guatemala", unterbrach Edgar sie.

„Ja. Aber es war in Mexiko, als ich mich von meiner Reisegruppe abgeseilt habe und entschieden habe, den weiteren Weg auf eigene Faust zu erkunden. Jetzt bin ich in Guatemala gelandet und offenbar auf dem Weg zu einer Kaffeeplantage."

Edgar schaute sie überrascht an. „Interessieren Sie sich überhaupt für Kaffee?"

„Ich trinke jeden Tag mindestens anderthalb Tassen zum Frühstück und eine am Nachmittag."

„Nein, ich meine“, Edgar schüttelte den Kopf, „ob Sie sich auskennen.“

Peggy überlegte. „*Feine Milde* ist nicht schlecht.“

Schon wieder schüttelte Edgar den Kopf. „Ich arbeite in Saulheim im Weltladen und bin hier, um den Ursprung des Kaffees nachzuvollziehen.“ Und dann erzählte er ihr von verschiedenen Bohnen, Ernteverfahren, Röstaromen und seinem Weltladen in Saulheim. Irgendwie war es Peggy, als habe sie Edgar schon mal irgendwo gesehen. Doch Saulheim lag, wie sich herausstellte, in Rheinland-Pfalz und Edgar war auch noch nie in Twistringen gewesen.

„Oh, wie spannend! Sollte ich jemals eine Reise nach Saulheim gewinnen, werde ich in Ihrem Weltladen einen Kaffee kaufen“, sagte sie begeistert. „Dann kann ich sagen, den kenne ich!“

Edgar grinste. „Sie sind die erste Person, die sich für mich freut, dass ich meiner Leidenschaft nachgehe.“

Während der gesamten Fahrt tauschten die beiden Anekdoten über Lateinamerika aus, und sie verstanden sich ausgesprochen gut. Immer wieder war es Peggy, als kenne sie Edgar irgendwoher, doch das konnte ja nicht sein.

Als Edgar, kurz bevor sie Antigua erreichten, mit Peggy seinen letzten Erdbeerriegel teilte, fiel es ihr plötzlich wie Schuppen von den Augen: Das war doch Eddy! Sie beide hatten vor Jahren mal zusammen über die Sommermonate in einem Erdbeerhäuschen Nähe Kassel gearbeitet. Wie klein die Welt doch war!

VERSPRICHST DU'S MIR?

Im Winter bin ich am liebsten bei meinem Opa. Da
ist nie viel zu tun, ich kann den ganzen Tag lesen, wir
spielen Halma oder machen einfach mal nichts. Im Winter ist Nichtstun besonders schön, wenn es draußen ei-
sig kalt ist, frischer Schnee fällt und man im Garten
Schneeengel machen könnte, sich dann aber entschließt,
lieber heiße Schokolade auf dem Sofa zu trinken und
nichts zu tun. Das Sofa ist mindestens genauso alt wie
mein Opa und genauso verschlissen wie seine graue
Strickjacke, die er trägt, seit ich denken kann. Die glei-
che Strickjacke – nur ein bisschen weniger verschlissen
– trägt er auch auf einem der Bilder, die über dem dunk-
len Sekretär in der Ecke des Wohnzimmers hängen. Auf
dem Bild steht er im Garten neben meiner Oma, die im
Rollstuhl sitzt und strickt. Die Bilder hängen an der ver-
gilbten Wand ebenfalls so lange, wie ich denken kann.
Und heute, finde ich, ist neben dem Nichtstun ein guter

Tag, um sie sich mal genauer anzusehen. Ich stehe auf, gehe zum Sekretär und tippe auf das Bild mit dem Mann, der eine Mütze trägt.

„Mein Uropa, richtig?“

Mein Opa nickt und brummt etwas von Kriegsmarine.

„Und das war Elfriede, oder Eleonore?“

„Elfriede, seine Schwester.“ Mein Opa steht auf und stellt sich neben mich. „Elfriede wurde von allen immer nur Tante Elfie genannt.“ Ich muss lächeln. „Tante Elfie hatte ein Geheimnis, das eigentlich gar keins war, weil alle davon wussten.“

„Ach ja?“

Mein Opa redet manchmal etwas wirr und man kann nie wissen, ob er sich in dem, was passiert ist, vertan hat oder im Satzbau. Doch er kramt in seiner mentalen Erinnerungskiste und auf einmal ergibt alles einen Sinn: „Tante Elfie lebte nach dem Krieg mit Tante Mine zusammen. Sie hieß eigentlich Wilhelmine und war eigentlich nicht unsere Tante. Aber man sagte das früher so zu Leuten, die immer irgendwie dabei waren. Tante Mine war immer irgendwie mit dabei gewesen. Damals, als ihr Mann Gustav noch lebte, waren die beiden immer auf Feiern mit dabei. Tante Mine aß am liebsten Stachelbeerkuchen. Und als Onkel Gustav und Tante Elfies Mann nicht aus dem Krieg wiederkamen, zog Tante Mine bei Tante Elfie ein.“ Mein Opa macht eine Pause, trinkt einen Schluck heiße Schokolade und fährt fort: „Irgendwann fingen die Leute an zu munkeln, dass Tante Elfie und Tante Mine mehr als nur befreundete Witwen waren.“ Er denkt nach. „Erst als Tante Elfie lange gestorben war, habe ich Tante Mine gefragt, wie es ihr damit ging, was die Leute im Dorf über sie dachten. Und sie sagte, dass ihr einzig und allein drei Sachen im Leben wichtig seien."

Gespannt warte ich ab, bis mein Opa einen weiteren Schluck von seiner heißen Schokolade trinkt und sich den Rand, den die Tasse um seinen Mund herum hinterlassen hat, mit dem Handrücken abwischt. „Erstens war ihr wichtig", er zeigt seinen Daumen, „was sie selbst über sich dachte. Was andere denken, könne man sowieso nicht beeinflussen."

Ich nicke. Das klingt plausibel. Zu dem Daumen zeigt er nun seinen Zeigefinger. „Und zweitens war ihr wichtig, dass ihre und Tante Elfies Geschichte erzählt wird. Damit sie nicht in Vergessenheit gerät." Auch das klingt plausibel und ich nicke erneut. „Drittens: Stachelbeerkuchen." Nun hat er drei Finger in der Luft. „Das war die dritte Sache, die ihr wichtig war." Ebenfalls plausibel. „Wenn ich mal irgendwann nicht mehr bin, erzählst du diese Geschichte deinen Kindern und Enkeln, versprichst du's mir?"

SICHER?

Anh reißt mich fast zu Boden, als sie zur Begrüßung auf mich zustürmt. Während die anderen Passagiere verschlafen aus dem ICE aussteigen, ist sie voller Adrenalin: Hier am Berliner Hauptbahnhof halte ich das erste Mal die Freundin, mit der ich seit zwei Jahren gemeinsam Fanfiction schreibe, in meinen Armen.

„Und, was machen wir? Ich hoffe du hast dir richtig nice Sachen überlegt. Ich war noch nie in Berlin. Wir können aber auch einfach irgendwo hingehen und lesen. Oder uns eine neue Geschichte ausdenken", sprudelt es aus ihr heraus, als sie mich nach einer halben Ewigkeit loslässt. Ihre Tasche rutscht ihr von der Schulter und aus ihr heraus fallen ein paar Snacks und ein Buch, dessen Rücken schon geklebt ist und an dessen Seiten unzählige Post-its in verschiedenen Farben heften. Außerdem der Kugelschreiber mit türkisem Plüsch, der immer vor ihrer Handykamera hin und her gewackelt ist, als sie sich unsere Ideen, die wir uns um halb drei nachts zugeflüstert haben, in ihr Notizheft oder an den Seitenrand des Romans geschrieben hat. Wir bücken uns und greifen schnell nach den Gegenständen, ehe sie unter der Menschenmasse verschwinden.

„Als erstes gehen wir frühstücken und plotten das zweite Kapitel", sage ich entschieden und weiß, dass Anh vor Freude platzen wird, sobald wir vor dem Pancake-Café stehen. Wir schlendern durch die Straßen, vergessen, dass es noch andere Menschen um uns herum gibt und tauchen wieder ein in die fiktive Welt, als wären wir ein Teil von ihr. Wir sind so lange im Café, bis uns die Bedienung ein drittes Mal fragt, ob wir nicht noch etwas bestellen möchten. Dann gehen wir, uns ist übel von den Pancakes oder vom Lachen – egal.

In der Buchhandlung werden wir gebeten, leiser zu sein, doch wir können nicht, also gehen wir raus und müssen uns auf den Bordstein setzen, weil wir vor Kichern nicht mehr gerade gehen können. Wir stellen immer wieder fest, dass wir am liebsten mit den Figuren unserer Geschichten befreundet wären, weil sie mehr Mut in ihr Leben lassen. Etwas, das so vielen Menschen fehlt.

Immer noch auf dem Bordstein sitzend fällt uns auf, dass auf der gegenüberliegenden Straßenseite ein Tattoo-Studio ist. Wir schauen uns an und stehen beide gleichzeitig auf, als hätten wir ein und denselben Gedanken gehabt. Vor dem Schaufenster überlegen wir, welche Motive sich welche Figuren stechen lassen würden. Feine Linien, die zu kleinen Bildern werden, einen Mond oder Saturn.

„Lass mal reingehen!", schlägt Anh vor.

„Willst *du* dir eins stechen lassen?"

„Fragen kostet nichts. Los!" Sie öffnet die Tür.

Der Tattoo-Artist sagt, etwas Kleines könne er dazwischenschieben.

„Nur, wenn du auch mitmachst", sagt Anh und ich suche mir den Saturn aus, sie sich den Mond.

Ich bin als erstes dran, lege mich auf die Liege und mache die Innenseite meines Unterarms frei. Anh steht am Fußende und grinst. Ich schließe die Augen und muss auch lächeln.

Mir wird bewusst, warum mich die Figuren in Geschichten immer wieder faszinieren: Sie haben, wie wir, entweder etwas verloren oder etwas zu verlieren. Vielleicht würde ich auch noch vieles im Leben verlieren, aber nicht diese Erinnerung, und nicht unsere Geschichten.

Erst als ich das Surren der Nadel höre, öffne ich die Augen wieder und der Tattoo-Artist fragt: „Sicher?"

Danksagung

Diese Kurzgeschichtensammlung ist zwischen Juli und August 2023 entstanden, als auf einmal Figuren mit unterschiedlichen Schicksalen vor meinem inneren Auge auftauchten und mich inspirierten, ihnen eine Stimme zu geben. Als erstes entstand eines Abends die zweite Kurzgeschichte dieser Sammlung, dicht gefolgt von „Wer ist Alma Liebwald?", die ich am darauffolgenden Morgen zwischen 5:20 Uhr und 7:20 Uhr schrieb, als ich nicht mehr schlafen konnte. Die anderen Geschichten entwickelten sich schnell, als das Konzept für diese Sammlung feststand: Empowerment sollte im Mittelpunkt stehen. Und irgendwie schafften die Figuren es wie von selbst, Stärke in ihrem Charakter oder in ihrem Handeln zu zeigen. Wenn ich die Chance hätte, mit meinen Figuren zu reden, würde ich sie fragen, ob sie mir mehr über ihre Leben verraten könnten, denn ich glaube, ich könnte noch viel von ihnen lernen. Ich habe sie sehr ins Herz geschlossen und freue mich, sie nun auch in eure Herzen zu lassen.

Mein Dank gilt vor allem Robi, der von Anfang an beim Entstehungsprozess der Geschichten dabei gewesen ist und meine Figuren beim Wachsen beobachtet hat. Ich danke dir für jedes Gespräch, das durch diese Geschichten entstanden ist. Ob auf der Karli während des Wartens auf eine gefüllte Süßkartoffel, im Wartezimmer, im Abtnaundorfer Park oder zu Hause auf dem Sofa — überall entstanden Ideen für diese dreizehn Geschichten und ich bin überglücklich, diese gemeinsamen Momente mit dir in meiner Erinnerung zu haben.

Meinen Dank möchte ich außerdem Romina für das tiefgründige Lektorat aussprechen, bei dem sie meine Geschichten mit Respekt und Liebe behandelt hat. Danke, dass ich von deinem Wissen lernen durfte und meine Figuren auf diese Weise noch besser kennengelernt habe. Danke für deinen Support von Anfang an – nicht nur bei diesen Geschichten.

Danke an Isabel für die wunderschönen Illustrationen. Deine Kunst ist etwas ganz Besonderes und ich freue mich, dass sie gemeinsam mit meinen Worten Platz in dieser Sammlung gefunden hat.

Über die Autorin

Hannah Maryam Sentob wurde 1998 am Niederrhein geboren und lebt seit 2016 in Leipzig, wo sie Englisch und Spanisch auf Lehramt studiert hat. In der Freizeit sitzt sie am liebsten mit einem Chai Latte im Café oder auf dem Sofa und taucht in die Welt von Büchern ein. Ihr Debütroman KLÄNGE IN SOMMERBLAU ist 2022 erschienen. SCHATTENRISSE, ihre erste Kurzgeschichtensammlung, widmet sich dem Thema Empowerment, das der Autorin besonders am Herzen liegt.